나에게 별이
찾아온 거야

너에게 별이
찾아온 거야

2024년 11월 05일 초판 1쇄 인쇄
2024년 11월 10일 초판 1쇄 발행

지은이 장근엽
발행인 손건
편집기획 홍수경
마케팅 박영호
본문디자인 김선희
표지그림 화가 박월선
제작 최승용
인쇄 선경프린테크

발행처 **열린문학**
주소 서울시 영등포구 영신로 34길 19
등록번호 제 312-2006-00060호
전화 02) 2636-0895
팩스 02) 2636-0896

ISBN 979-11-7142-056-8 03810

나에게 별이
찾아온 거야

장근엽 지음

열린어린이 문학

수많은 별 중에
너를 만난 나의 행복
지지 않는 사랑으로
남겨지길

Prologue

프롤로그

사랑

사랑했기에 내가 있고

사랑받기에 살아가며

사랑을 위해 존재한다

사랑이란 말보다

세상에서 그 어떤 아름다운

말이 있겠어

내게 주어진 모든 것들을

사랑할 때 나의 사랑은

끝나지 않는다

C o n t e n t s

차 례

Chapter 01

나의 삶에게 보낸다

Chapter 02

솔개처럼

03 

Chapter 03

좋겠다

04 

Chapter 04

꽃을 닮아가는 이유

05

Chapter 05

사랑은 커피처럼

CHAPTER_01

제1장
나의 삶에게 보낸다

연탄

그대를 위한
나의 사랑이 결코
때 묻지 않았음을
말하고 싶습니다

그대를 사모한 만큼
난 온통 멍이 들었고

그대를 더 사랑한 만큼
활활 타오르던
불꽃이었습니다

그대에게 드린
나의 사랑이 티 없이 하얀
진실이라는 것을

증명하고 싶었습니다

구멍난 나의
빈 가슴을 채운 건
오직 당신을 사랑한
마음뿐입니다

길상사

가야금 소리 저리 울어도
묻지 마시고
사랑채 아랫목이 냉랭하여
썰렁해도

내 님 떠난 후로
겸상 한번 못 했으니
오늘밤이 가기 전에
내 술 한잔 받아주셔요

겨울 추위는 지나가도
한숨 한번 못 쉬고
굳어있는 가슴은 언제
녹아 봄이 오려는지

돌계단에 쌓이고 쌓인 눈을
쓸어도 쓸리지 않는 것이
하얗게 떠난 임을
두고두고 지우지 못하는
까닭인가 보오

죽어서라도 육신은
눈이 되어
길가에 내릴 테니
어두운 밤길 찾아
꼭 오시겠다고 약조해 주셔요

셔틀콕

바람을 가르며
날아가는 날쌘
하얀 거위

새처럼 나비처럼
떨어지는 낙엽처럼
네모난 푸른 둥지 위에
내려앉는다

겨우 울타리를
넘나들던 햇병아리가

순간 먹이를 낚아채는
독수리처럼 매섭게
달려든다

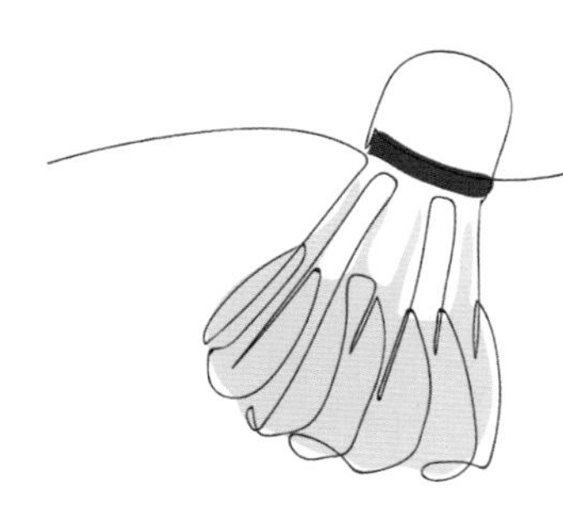

빨라야만 이길 수
있는 것이 아닌

어떠한 상황에서도
자신을 통제할 수 있는
힘을 보여준
작은 거위의 교훈

동그랗지 않아도
공이 될 수 있는
새로운 꿈과 도전이
높이 날아오른다

도로공사 중

아슬아슬한 속도를
넘나드는 짜릿하고
위험한 질주

누구나 한번쯤은
있을 법한
앞만 보고 달렸던
인생길

힘에 겨워 가장자리
차선에 오면 서행을 하고
실선을 따라갈 때면
오직 한 길이었다

두려운 굴곡을 만날 때면

안전지대를 찾고
때로는 갓길에 멈춰
방황도 했었다

너무나 많았던
내 인생의 경계선

이제 그 선을
점선으로 다시 칠하고

누구나 오고 가는
넓은 길로
새롭게 포장을 한다

나의 삶에게 보낸다

그동안 너무 말이 없었다
아니 한평생 말을 못했다

무거움에 서글프던 날도
비바람에 돌아서던 날도
넌 그저 말없이 앞만 보고 걸었다

애태우며 헤어졌던 날도
가슴 시려 주저앉던 날도
넌 그저 내 곁을 지켜주고 있었다

지나온 날들이 네가 준
내 모든 행복이었음을 이제야
깨달았다
고마웠다

미안하다
내 너를 위해 잘 하지 못했던 것을

좋은 날 슬픈 날 나를 안아준 너는
세상에서 하나밖에 없는
내 삶이었다

다시 또 만날 수 없다 해도
이 말만은 전하고 싶다
사랑한건 너였다고
다시 또 보고 싶다고

주관식 문제 인생

무얼 적어도
틀린 건 없어
정해진 건 없으니까

쓰다가 마음에 안 들면
지워도 돼
다시 쓴다면
그게 답이 될 테니

해답은 너에게 있어
마음에 들 때까지
고쳐도 돼

아무렇게 적지는 마
마음대로 적은 답이

너의 모습이야

인생은 정답이 없기에
그냥 쓰면 안 되는 게
문제였어

옥탑방

별빛 하늘 지붕 아래
예쁜 꽃밭을 가꾸고
밤이면 평상에 누워
불러보는 하모니카

빨랫줄에 걸린 구멍 난
양말은 멜로디를 따라
방긋방긋 웃음꽃이 핀다

줄줄이 늘어선 빨래집게는
한마음으로 노래하는
우리 동네 합창단

멀리 보이는 화려한 도시를
한눈에 내려다보며

밤의 정취에

눈을 감아본다

사계절 지나가다 꼬박꼬박

들렀다가는 아름다운

이야기가 쌓이는

제일 높은 우리 집

기억상실

앞에 있는 어떤 이가
내게 묻는다
여기가 어디냐고
어제는 친구가 와서
묻더니

한동안 내가 찾지 않아
아는 이들이 이사를 갔나
가끔은 모르는 사람들이
선물을 사오기도 한다

눈 내리는 겨울날
길모퉁이에 서서
갈길 모르는 나는
서성인다

다행인건 나의 반쪽
귀여운 딸이 다가와
집으로 나를 이끈다

천사의 얼굴
꽃사슴 같은 촉촉한
눈망울의 사랑스런
딸의 모습
지금 이 길을 기억하리라

오늘

힘들다고 해도
그때가 좋았다

죽겠다고 해도
그때가 그립다

힘들다고 죽겠다고
빨리 지나가길
바랬었지

오지 않은 먼 훗날을
걱정하고
투정하는 오늘을
살아가며

부족한 오늘을

내일에서 찾으려 했다

행복하라고

찾아와주는

오늘!

오늘을 즐기자

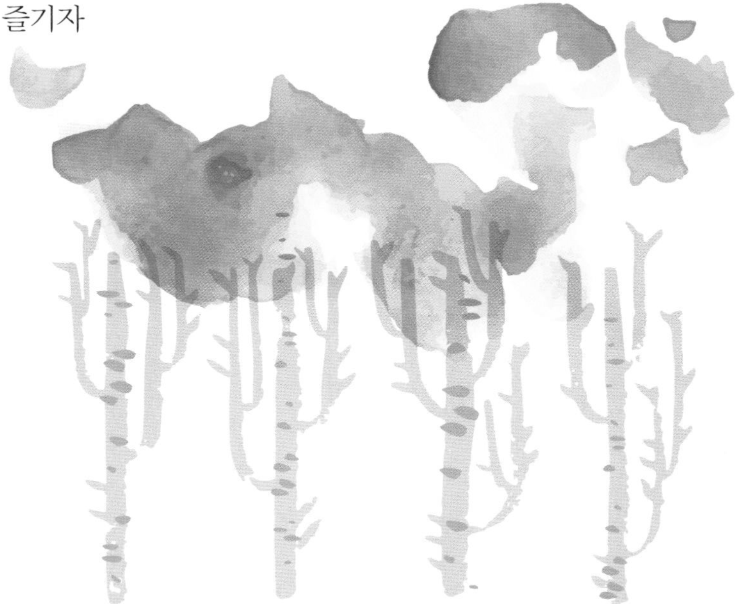

백년손님

재롱을 부리던 큰딸아이가
듬직한 사윗감을
인사시킨다

설레며 싱숭생숭한
익숙하지 않은 느낌이
낯설다

반가운 웃음 뒤에
벌써 서운함이
가슴 한켠에서 울먹인다

아이들 커가는 줄 모르고
바쁘게 살아왔던 지난날의
내 청춘

화목한 집안의 아들로 태어나
결혼해서 큰 기쁨을 주었던
사랑스러운 딸

이제 씨암탉 잡아
귀하게 온 백년손님
대접하는 부모가 되나보다

더도 말고 덜도 말고
행복하게 살아다오
두 손을 잡은 눈가에
그렁그렁 눈물이 고인다

시집살이

점심 드시며 저녁은
뭐 준비하냐고 물으신다

우리 아들 만두 좋아했다며
왠지 서운한 표정이시다

언제나 어머니에게는
너무 잘난 내 아들

젊은 시절 너무 예쁘셔서
온 동네 소문나셨다고 하신다

뙤약볕 내리는 여름날
몸이 안 좋으시다 하셔서

사골 곰탕 끓여놓고

낮잠 한숨 자려면

이불 홑청은 풀을 매겨야

빳빳하고 시원하다며

밀가루 찾으시는

부지런한 시어머니

외출 한번 하는 날에는

일주일치 반찬 준비하고

외박하고 들어온 사람처럼

죄인이 따로 없다

어머니 뭐 할까요?

나무 주걱

새벽 밥 지어
소복하게 담은 따뜻한
밥상을 차려주셨던
어머니

구수한 누룽지
박박 긁어 하얀 설탕
뿌린 달콤했던 시절

늦가을 햇살에
무르익은 도토리
묵을 쓰느라 쉬지 않고
젓고 또 저었다

궂은 날이면

팔 다리 허리 아파

온몸에 붙이시던

신신파스

평생을 아낌없이

담아주신 맛있는

사랑을 먹느라

닳고 닳아도

몰랐던 어머니의

나무 주걱

가을의 기도

붉게 물들어 가는
가을처럼
짙은 사랑으로 물들게
하소서

아름다운 가을이기에
눈물짓지 않게
떠나가지 않게
홀로 남게 하지 마소서

낙엽이 떨어지는 건
쓸쓸함과
그리움이 아닌

가을을 노래하는

기쁨의 열매가 태어났음을

알게 하소서

깊어지는 가을처럼

오래 되도

변하지 않는 사랑으로

남게 하소서

무색無色

그대와 나의
사랑이라고 말하는
아름다운 색

언제부턴가 시작된
알 수 없는 집착과
습관이라는 구속이

깊어져가는 사랑만큼
피해갈 수 없는
질투와 오해로 나를
흔들어 놓았다

사랑은 가둬서 키우는
꽃이 아닌

어느 곳이라도

꽃밭이 될 수 있는

물이 되어주는 것

진정한 사랑은 자유롭게

흐르는 물처럼 맑은

무색이었다

내 삶의 계절

지난해 떠난 가을이
다시 돌아와
침묵했던 작은 가슴이
뛰기 시작했다

겨우내 가시지 않던
쓸쓸함은 바람과
함께 사라지고

단념할 수밖에 없었던
아쉬운 사랑은
눈처럼 쌓여갔다

가을에 안겨
들어보는 봄과 여름

하얀 겨울의 아름다운
추억들

사계절은 돌고 돌아
봄이 오면 푸르게
여름이면 뜨겁게

가을이면 낙엽 되어
그리워하고
조용히 잠드는 겨울이 되어
내 삶 속에 머문다

Carpenter

깊숙한 어둠이 드리워진
다락방 등불을 켜고
세월의 거미줄을 따라
가까이 가보는 지난 날

예쁜 집을 짓고
장미꽃 넝쿨진 정원을 가꾸고
휴일이면 낚시를 떠나는
평온한 하루다

삐걱거리는
책상 다리에는 못을 박았고
닫히지 않는 문틀은
초를 칠하고 반듯하게
문을 닫았다

부러지면 새로 고치고
낡고 다친 곳에는
덧칠을 하며
무너지면 다시 지었다

쓰러지지 않게
바로 설 수 있게
꼭 필요했던 나의 일상은
목수였다

흙

님아
내게 오는 날까지
나를 밟고 또 밟아
그 어디라도 다녀오시오

멀어서 못 갔다 하지 말고
그대가 가는 곳이면
내 기꺼이 어디든
함께하리다

비가 내리거든
잠시 쉬어가시고
눈이 내리거든 고요히
나를 바라봐주시오

비탈진 곳을 만나거든
내 삶이 무거워
모가 난 것이고

패인 곳은 너무
견디기 힘겨워
떼어낸 내 상처이니
마음에 두지는 마시오

언젠가 가도 가도
무엇 하나 보이지 않거든
그때 내 품으로
돌아오시오

시래기

말하지 않아도
알 수 있는
그대들이 살아온 세월

푸르렀던 젊은 날
어느 계절의 주인으로
살았고

시들고 상처받고
찢어지는 아픔을
견뎌온 흔적

누군가에게 버려진다 해도
바랄 것 없이 모두를
주려했던 희생과

찬서리 내리고

눈보라 치는

힘겨운 날들을 이겨내고

결국 얻게 된 새로운 이름

보름달이 뜨는

새해가 찾아오면

무엇보다 그대들이

가장 사랑받는

모습이었다

5월은 나의 신부

그대는

안개꽃 웨딩드레스

나의 사랑아

축복이 넘치는

그대의 두 손엔

하얀 은방울꽃

푸른 잔디 즈려밟고

한 걸음 한 걸음

오는 그대는

계절의 여왕

애정 어린 눈빛으로

그대를 바라보고

행복의 창을 두드리는

웨딩마치

꽃잎은 바람에 실려

날리고

바람은 빛이 되어

눈부신다

짙어가는 푸른 빛깔의

그대는 아름다운

나의 신부

아나로그와 디지털

숙제하다가 엄마에게
들킬까 몰래 보던
순정 만화책

시대의 흐름을 일깨워 준
신문을 스크랩하던
그때의 일상이었다

저녁이면 온가족이 모여
연속극을 시청하던 우리 집은
딸 셋 아들 셋

어느덧 나보다 더 큰
하나뿐인 아들은
화상 채팅을 하며

게임을 하고 영화를 보고

학창시절 레스토랑에서
먹었던 돈까스와 스테이크를
자기 방으로 배달시킨다

빠르고 편한 세상
1과 제로 오 엑스로
명확한 답을 내려야 하는
디지털 시대

사랑과 우정 사이 끈끈한
정마저 값으로 매겨야 하는
계산기 같은 요즘 세상

CHAPTER_02

제2장
솔개처럼

연출

누군가 인생을 각본 없는
드라마라고 했다

한고비 지나서면 막상
기다리고 있는 것은
넘기 힘든 벽이었지

밤잠을 설치며 책장을
넘겼던 홀로 서야 하는
장편 드라마

수많은 역할 중
감당해야 했던 눈물겨운
나의 인생 스토리

때론 희극과 비극을 넘나들며
나 자신을 버리기도 한
서투른 신인 배우였다

재연할 수 없는
이 드라마를 완성하기 위해
그 어떤 것 하나도
빠뜨릴 수 없는 인생 연

생일

사랑이라는 이름 하나로
이 세상에 태어난 사람

이보다
더 아름다울 수 없는 사랑
그대입니다

천사의 미소
그 작은 울음소리가
가져다 준 넘치는 기쁨으로

신의 축복이 함께하는
오늘은 그대의 생일입니다

Happy birthday to you

Happy birthday to you

선물 같은 그대가 있기에

온 세상이 아름다울 수

있습니다

모든 날들의 가장 큰

삶의 기쁜 순간은

그대가 온 바로 오늘

당신의 생일입니다

솔개처럼

한번뿐이 삶을
다시 살기 위하여
솔개는 뼈를 깎는
고통을 이겨내야 했다

부리를 부수고
발톱과 깃털을 뽑아
새롭게 얻게 된
남은 절반의 생을
살아간다

나는 지금까지 무엇을
위하여 살아왔나

가지려고만 했던

지나친 욕심과 질투

쌓기 바쁜 축적을 통해
너무 커져버린 바람들을
훌훌 털어버리고 싶었다

그래도
결과에 굴하지 않고
도전하며 살아왔던
지난날의 모든 과정이
바로 나였고

내가 살아있음을
알게 한 해답이었다

청소

쓸고 닦고
때로는 삶기도 해야
때가 빠지지

얼룩진 때 빼느라
힘이 들어도
깨끗해져야 직성이
풀리는 너

지저분한 거
못 참는 성격에

까맣게 덮어놓은
그 양심은
언제 청소할 거니?

안개비

볕에 말라가는 잎새처럼
물 한 모금 삼킬 수 없는
가시처럼

너무 아파하는 당신 앞에서
내가 어떻게 해야 할지
모르겠어요

살아도 사는 것이 아닌
두려움과 원망뿐이죠

한평생 별일 없다 해도
아무 일 없는 것조차
행복할 수 있다는 걸
알게 됐어요

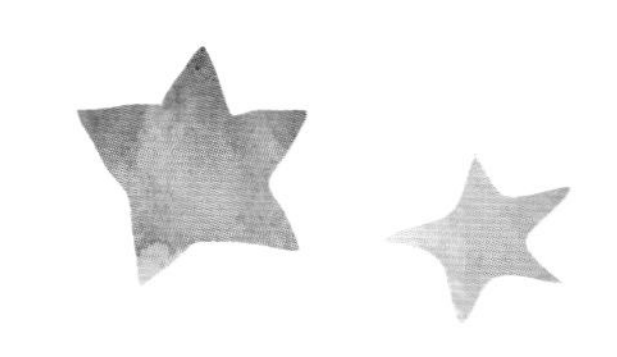

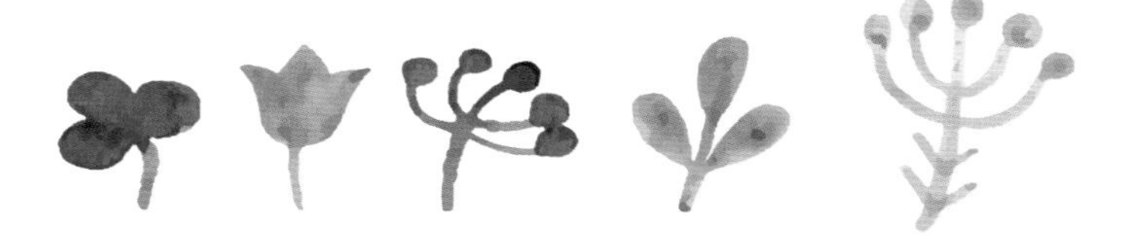

당신 때문에 가질 수 있었던
미소와 추억들이
이제 가려나 봅니다

아픔이 없는 곳에서
당신이 머문다 해도
홀로 남겨지는 이내 슬픔은
어디로 가야 하나요

이렇게 안개비 내리는 날에
내 눈물 속으로
떠나는 당신

다시 한 번만 나를

돌아봐주세요

당신을 사랑합니다

Strawberry

고운 햇살 익어가는
어느 봄날

따스한 바람에
하얀 꽃잎이
날리면

동글동글
구슬보다 예쁜
빨간 맛의
달콤한 윙크

두 볼에 주근깨
콕콕 심은
귀여운 딸기 공주님

싱그럽고 발랄한

Strawberry

빨리 만나고 싶어요

마카롱

새하얀
캔버스에 그린
향긋한 봄처럼

아름다운 소녀의
꿈처럼 예쁜
파스텔 톤

눈으로 먹어도
느낄 수 있는

달콤한 첫사랑이
꽃으로 피었다

다리미

처음부터 그러지는
않았습니다

깔끔하게 다려놓은
옷도 입다보면
구겨지듯이

어제는 힘들어서
주름지긴 했지만
마냥 찌푸리고
지낼 수는 없잖아요

잘 다려 입은 것처럼
반듯한 하루를
시작하고 싶어요

자! 오늘부터

쫙 펴고 살아요

Piano

하나가 되기 위한
사랑이 있다면
더 이상
분명할 수밖에 없는
흑과 백이 있다

서로 맞지 않으나 결코
떨어져 있지도 않은
확실한 상징

나를 낮추고
그대를 존중할 때
마음을 두드리는
하나의 선율

부드러운 작은 소리에

귀 기울이면

점점 다가오는

큰 감동의 물결

흑과 백이

함께 만들어낸

아름다운 포르테가

온 세상에 울려 퍼진다

눈물

소리 없이 전한다

가슴속 파고든
한마디에 대답을 하듯

시린 안타까움에
흐느끼고

참을 수 없는 아픔이
새어 나와
이내 바닥으로
떨어진다

기쁨도 때론
서글픔으로 다가서고

그 안에 남겨진 건

아무도 모르는

나의 모습

참을 수 없어

울컥 쏟아낸 진심

그것은

내 눈물이었다

forget me not

꽃으로 태어났어도
나를 진정 사랑하는 이는
없었다

나를 꺾어 화병에
꽂아두고 지긋이 바라보는
그대의 눈빛

사랑한다면서…
시한부 처지로 살아야 하는
두려운 날들이지만

나로 인해 그대의 시간들이
아름답다면 난 이곳이
나의 꽃밭입니다

훗날 한마디 없이
내가 사라진다 해도 나를
잊지 말아 주세요

아침이면 맑은 이슬처럼
보였던 내 눈물의
의미보다

그대에게 잊히는 슬픔이
내가 가장 아파하는
까닭입니다

베네치아의 밤

그대의 두 눈에 담았던
한 조각의 하늘을
그려보는 밤

그대가 머무는
황금색 창가에 어리는
불빛과 붉게 물든 커튼

나지막이 흐르는
물결 위로
그대가 보고파
노를 젓는 외로운 신사의
저녁 풍경이 아름답다

밤이 깊어갈수록

와인 잔에 품은 향기는

뜨거운 사랑을 찾고

화려한 쇼윈도의 밤이

눈부셔도

못내 아쉬운 가슴속엔

이내 달빛이

드리워진다

빗자루

단 하루도 마음 놓고
쉬지 못했다
손끝이 헤지고 닳아도
쓸고 또 치웠다

바꿀 수 없는
운명이란 걸 알면서도
해가 뜨면 흘린 땀방울

이른 새벽부터 앞마당과
뒤뜰을 청소하고
아침밥 먹기 전이면
건넌방과 마루를 깨끗이
쓸었다

바람이 불면 낙엽을
겨울이면 흰 눈을
오래된 벽지엔 방비가 되어
풀을 칠했다

쓸고 치우고
바꿀 수 없어서 내 것으로
만들었던 삶

어딘가엔 꼭 필요했던 나를
사랑하며 살았기에
지금의 내가 있었다

카스텔라

너의 그 편안함 때문에
딱딱한 내 말투와
똑 부러지는 내 성격이
달라졌어

처음엔 어딘가
어울리지 않다고 느꼈지만
언제나 스펀지처럼 받아주는
네가 사랑스러워

달콤하고 새콤하고 시원해도
내가 제일 좋아하는 건
카스텔라

노란 봄처럼 부드러운

입맞춤
눈을 감으면 다가오는
네 향기

나 없이
이제 어디 가면 안 돼
설렘으로 가득한 오늘이
너무 행복해
내가 사랑하는 넌
카스텔라야

그때는 그랬다

빛이 없어도 시들지 않는다고
믿었던 젊음

거친 황무지의 인생길을 걸으며
절벽 앞에서도 희망의 끈을
놓지 않았다

누군가를 떠나보내며 흘렸던
눈물 자국은 이제 세월의
주름이 되고

난 지금 여기 그대로인데
모두 어디로 갔을까

그래 그때는 그랬다

그리움으로 남겨질 그 날을
너무 쉽게 보냈다

붙잡지 못할 내일의 기억을
너무 빨리 잊고 살았다

샘물

회색빛 안개가 짙은
이른 아침
고목에 흘러내린
서리가 투명하다

바람에 이는 나뭇가지는
오싹한 기운을 품어
떨어질 듯 시들한데

따닥따닥
군불 때는 소리에
얼은 붙은 솥뚜껑은
활짝 웃고 있다

처마에 걸린 메주가

무르익어 가고
그늘 빛의 무말랭이는
뽀얗게 야위었다

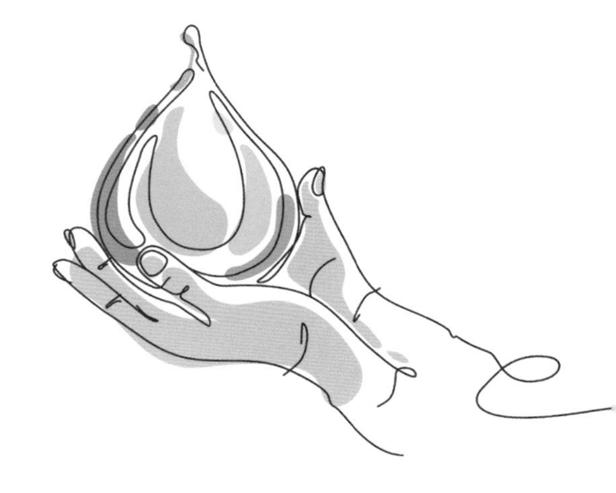

하얀 겨울에 묻혀도
얼지 않고 봄으로
향했던 샘물

계절이 바뀌어도
사랑이 샘솟는 샘물은 아직도
내 가슴속에 흐른다

어머니 꽃이 피었습니다

어머니는 오늘
집에 안 계십니다

오래전부터
참아 오신 통증 때문에
병원에 계십니다

다시 오겠다는
인사를 하고
돌아서는 눈가에
눈물이 맺힙니다

검버섯이 늘어가도
그땐 그런 줄만
알았습니다

어머니는 괜찮다고
웃으시는데

저는 어머니처럼
웃을 수가 없습니다

어머니는 저를 보고
꽃처럼 웃고만
계십니다

어느 봄날

앞마당 개울가에
꽃잎이 흩날리고

쑥버무리 진달래 전
대나무 소쿠리에
가지런히 담으면

녹슨 자전거
페달을 밟고
방앗간 다녀오시는
아버지

복스러운 항아리는
노란 햇살을 가득
머금고

장독대 핀 제비꽃은

보랏빛 나비처럼

날리운다

보내고 싶지 않았던

그 어느 봄날은 여전히

아름답다

바다라서

바람결에 이는 파도가
예뻐서

하늘을 닮은 거울 같아서
바다를 좋아했었다

어느 곳이라도
데려가
새로움을 안겨 주었던
바다

그렇게 기대어 찾았던
그런 바다라서

언제나 너그러운

품이기에

그 안에서 살았다

너무 깊어서

너무 넓어서

쉽게 보이지 않는

아름다움이 무엇인지

알게 해준 바다

그래서 나는 바다를

찾는다

그대란 사람

그대 앞에 있는 나는
느낄 수 있습니다

그대가 얼마나 좋은
사람인지

삶이 묻어 있는 그대의
얼굴을 바라봅니다
얼마나 유연하고
사랑스러운지

누구에게 말 못한
나를 울린 이야기도
내가 나를 탓하던
그 상처도

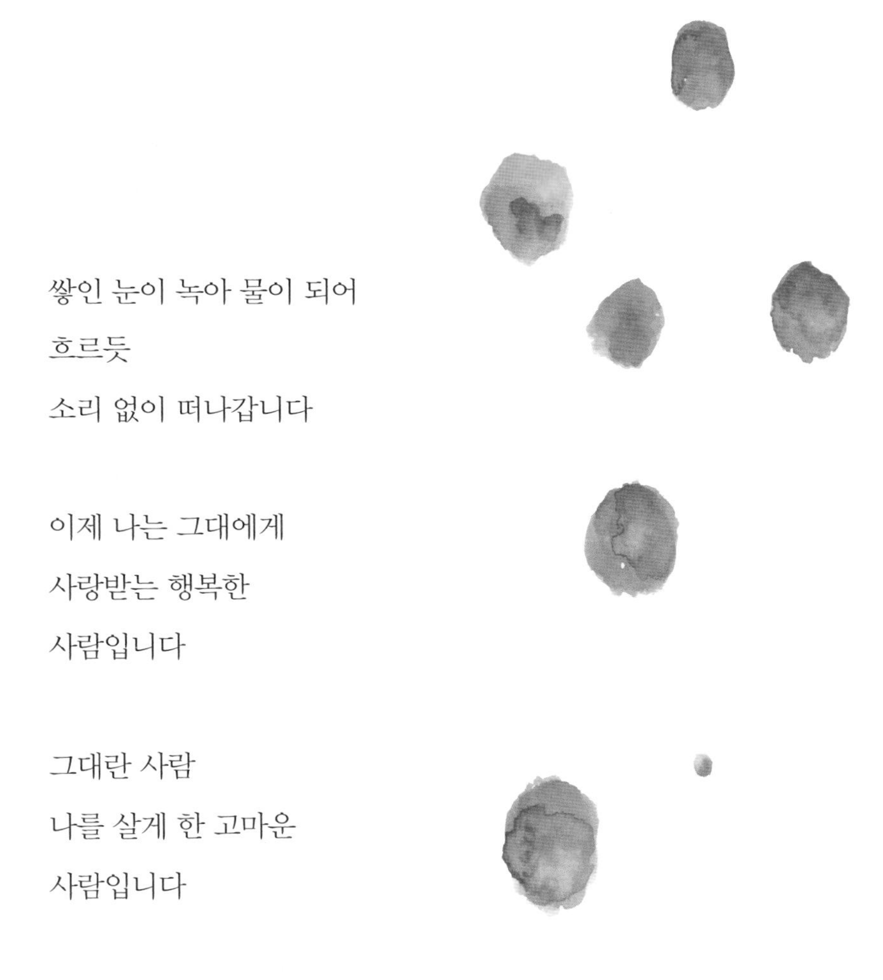

쌓인 눈이 녹아 물이 되어
흐르듯
소리 없이 떠나갑니다

이제 나는 그대에게
사랑받는 행복한
사람입니다

그대란 사람
나를 살게 한 고마운
사람입니다

CHAPTER_03

제3장
좋겠다

뚝배기

내 너를 보니
마치 그때의 나를
보는 듯하다

그저 살아야 한다는
꿋꿋한 다짐밖에
없었던 그때

무엇이든 해야만 하는
뼈아픈 날들이
반복되어도

나의 유일한 위로는
바로 너였다

쉰다는 건

삶이 멈추는

두려움과 사치였다

살기 위해

끼니를 때우던

눈물겨운 국밥 한 그릇

오늘은

내가 대신 울 테니

그 마음 따뜻한

너의 가슴에

담아 주길 바란다

전화 통화

너의 이름을 보고도
누를 수 없는
망설임

몇 번이나 마음을 다져도
그 앞에서 도망가는
겁쟁이

어떻게 말을 해야 할지
모든 것이 하얗다

눈물에 가려진
슬픈 이름을
불러보지만

까만 새벽하늘엔

멍이 들고

빈 가슴만

쓸어내린다

처음처럼

첫 번째 만남은
존중과 설렘

두 번째 만남은
이해와 배려

세 번째 만남은
기대와 비교

당신과의 만남은
몇 번째인가요

늘 새롭게 처음처럼
만나고 싶습니다

유채꽃 필 때면

노오란 봄을
색칠하는
아리따운 풍경

겨우내 묵었던
문풍지를 갈고 새 창호지에
풀을 먹인다

개울가 돌다리를 건너면
삼거리 보리 국수집
착한 누렁이가 봄빛에
졸고 있다

바람결에 한들한들
걸려있는 국수는

엄마의 하얀 옷자락

이른 아침 따다 놓은
냉이와 어린 씀바귀
파릇하게 자란 달래가
참 곱다

꽃향기 코를 찌르고
읍내 가는
경운기 소리 들리는
햇살 가득한
유채꽃 피는 마을

포장마차

추억이란 말 대신
그립다는 말 대신
혼자여도 외롭지 않은
포장마차

두부김치 우동 국물
한잔 술을 따르고
막힌 가슴 눈물에 실려
멀리 떠나가는 밤

반짝이는 노란 불빛
옛사랑에 젖어들고
희뿌연 창밖으로
쓸쓸한 새벽달도
저무는데

빈 술잔을 채워 봐도
허전한 빈자리엔
아무도 오지 않네

말하지 않았어도
그 누가 들어 주고
시원하게 울고 간
그 밤의 포장마차

불맛

내 앞에 선 그대가
아무렇지 않은 듯
견딜 수가 있을까요

누군가가 아름다운 색으로
그대를 유혹한다 해도

나를 마주한
그대는 빠져나올 수
없을 테니까요

상상하기 힘든 뜨거운
맛으로 나의 전부를
보여드리겠어요

삶이 식어갈 때
그대가 지쳐갈 때
나를 맛본 그대는
다시 살아갈 새로움을
찾게 될 겁니다

내가 타버린다 해도
그대를 위할 수만 있다면
끝까지 타오르겠습니다

재가 되어도
불꽃처럼 그대를 사랑한
나는 그대밖에 모릅니다

TIME

시간 때문에
죽고 사는데 왜 아무
말이 없는가

그 속은 어떠하길래
그렇게 냉정할 수 있는지

다시 돌아온 그날의
기쁨을 함께 나누었고

바꿀 수 없는
그대 또한 원망을 했었다

시간 속에 남겨지고
사라지고

다시 태어나는
순리인 것을

보이지 않고
따를 수 밖에 없는
그대가
진정 신이었던가

살아 숨쉬는
모두에게 주는
축복의 시간

어찌
사랑하지 않을 수
있겠는가

전화 통화

십년을 알고 지냈어도
어제 만난 사람보다
못할 때가 있다

전화기에 적혀 있는
많은 사람들의 이름과
전화번호

생각나지 않는
낯선 이의 이름과
늘어난 나와의 인연들

걸려오는 전화마다
보험회사 상조회사
대출상담 부동산에

반가운 목소리는
찾을 길 없고
오래돼도 걸지 않는
보관용 전화번호

새로운 번호를 적으며
누군가가 또 잊혀간다

좋겠다

사랑한다고
말할 수 있어서 좋겠다

서운했던 일
털어놓을 수 있어서 좋겠다

가끔 전화해서
인사할 수 있어서 좋겠다

보고 싶다고
찾아갈 수 있어서 좋겠다

오신다고
준비할 수 있어서 좋겠다

꼬박꼬박 용돈
드릴 수 있어서 좋겠다

가고 싶어도
보고 싶어도
지금은 안 계신 부모님

더 많이
더 오래 잘해드리지 못했다

곁에 살아 계셨으면 좋겠다

그림 같은 호수

물보라 여울지는
아름다운 쟁반의 호수

분홍빛 물든 나팔꽃
한 송이가 살며시
고개를 내민다

버드나무 가지 위에
내린 이슬은 유리알처럼
반짝이고

이른 아침 숲에
울려 퍼지는 청아한
물새 소리

고요히 흐르는 물 위로
햇살은 찾아들고

하얀 뭉게구름은
갈 줄 모르고 호숫가에
머문다

기와

아무리 들여다보아도
어두워 잘 보이지 않겠지만
곱게 놓여진
저의 모습처럼

그대 또한 가늠할 수 없는
덕을 품고 계십니다

밤이면 달빛 아래
넘겨지는 책 한 권이
마치 내가 하고 싶던
이야기 같고

비 내리는 처마 밑에
들려오는 넉넉한 그대의

음성이
마주치지 않아도
고개가 숙여지는
까닭인가 봅니다

내 이렇게 낮이나
밤이나 그대의 정갈한
모습 덕에

나 또한 무엇 하나
흩트려 놓을 수 없어
그대가 잠이 들어도
꼿꼿하게 난 그저
그대를 지켜드릴 뿐입니다

감바스 알 아히요

짙은 황록색
올리브 향기 그윽한
엑스트라버진

달콤한 방울토마토가
데구루루

뽀송뽀송 귀여운
아기 꽃송이 브로콜리와

우유 빛깔 고소한 풍미의
양송이버섯을 썰고

빙그레 웃음 짓는
하얀 마늘

매혹적인 빨간 맛
페페론치노를 더하면

정열의
칵테일 새우가
행복한 파티로

멋진
당신을 초대합니다 !

새해

깊은 바다에서
높은 산 위로
새해가 떠오른다

마음속에서 시작된
희망의 빛으로
눈이 부시게

아픔으로 얼룩진
삶에게
빛은 구원의 손길을
내밀 듯
소리 없이 다가온다

사랑의 햇살로

세상의 모든 악을

시들게 하여

기쁨 행복 생명의

아름다운 선물로

온 세상을 비춘다

햇살 좋은날

이보시게
나 간다고 문 앞까지
따라 나올 셈인가

내가 안 그래도 뭐처럼
잘 차려 입고 나왔더니
다들 못 알아 봅디다

한때 죽고 못 사는
친구 하나 있었는데
어찌 지금의 자네를
똑 닮았는지

그 시절 생각하면
엊그제 같은데

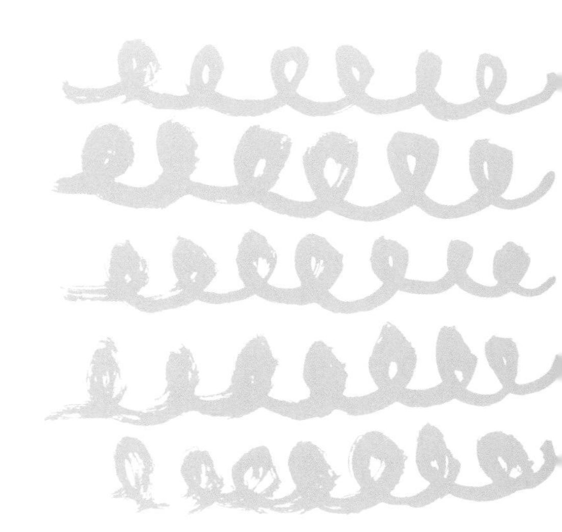

하기야 언제부턴가
내 나이를 잊어버렸소

어떤 날은 애기처럼
재롱을 떨고
또 어떤 날은 멋쟁이
신사였기도 했었지

첫눈에 반한 그 사람과
살아온 게 내 살아 생전
꿈만 같소

세상 돌고 돌아도
지나가면 끝이니
햇살 좋은 오늘처럼

하루 하루 아름답게
살다가 가시오

나 이제 그만 갈 테니
들어가 보시오
언젠가 우리가 또
만날 날이 있지 않겠소

고맙소이다
잘 계시게

보리밥

배꼽시계가 또 웁니다
먹어도 먹어도 배고픈
어려운 시절

세월의 시름인 듯
거뭇거뭇한 그늘진 모습

따스한 보리밥 냄새에
얼굴을 묻으면
눈시울이 뜨겁습니다

색 바랜 사진처럼
오래돼도 변하지 않는
옛날 그대로인 보리밥

꾹꾹 밟고 눌러야
잘 자라는 보리씩처럼

누르고 밟았던 납작한
보리는 참아온 어머니의
눈물이었습니다

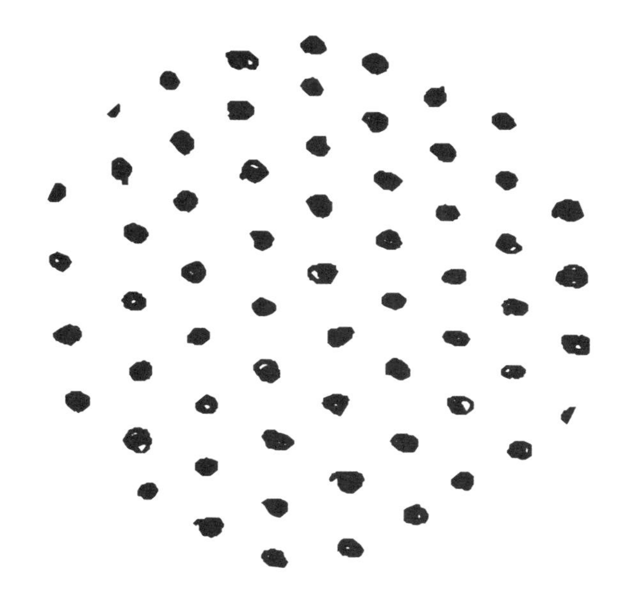

한 잔

앙상하게 말라 있는
저 나무처럼
이제 나도 지쳐가나 봐

너를 잃고 먹지도 못해
그 어디에 가지도 못해
어둠속에 이 밤을
지키고 있어

비워낸 가슴이 아파서
한 잔 하고 싶었어

이제 만질 수 없어서
무엇으로
채울 수가 없어서

너의 빈잔을 마주하고
내 눈물로 가득 채웠어
술잔 속에 네가 있어

너를 부르다 그래서
어제도 술로 살았어

너를 마시다 이렇게
오늘도 밤을 새웠어

이등병의 다짐

진짜 사나이가

되기 위해

짧게 자른 머리

친구들과 이별하고

창밖으로 멀어지는

어머니의 모습을

눈에 담고

눈물을 삼켰다

흙먼지 날리는 연병장

전우들과 함께

뒹굴고 넘어져도

거듭날 수 있다면

참고 견디리라

새로운 꿈과 도전으로

다시는 오지 않을

젊은 날을 살아간다

사랑하는 부모님

씩씩한 대한의

아들이 되어

돌아가겠습니다

충성 !

캐디

눈부신 햇살 속으로
사라져 가는 공을
끝까지 바라보는
매의 눈

때론 새소리와 물소리도
방해가 된다며 실망의
눈초리는 언제나
나를 향한다

사라진 공을 못 찾는 날에는
갖은 원망은 다 받고

배우러 온 사람들 덕에
가르치고 다독거리고

프로님 대접하랴 팔방미인이
따로 없다

궂은 날씨에도 다녀간
사람들의 앞땅과 뒷땅을
깔끔하게 메우고

푸른 잔디처럼 평온하게
맑은 날씨처럼 자신 있게

겸손함과 용기를 전하는
골프장의 천사들

하얀 손수건

내 앞에 있는 이 사람이
울고 있습니다
슬픈 표정 감추고 천천히
내가 말을 건넵니다

이 사람이 우는 게 싫어서
몇 번씩 침을 삼키고
눈물을 닦아주는
하얀 손수건

나 때문에 더 서러워 할까 봐
나 때문에 더 울까 봐
나는 울지도 못합니다

이 사람이 쓰러지지 않게

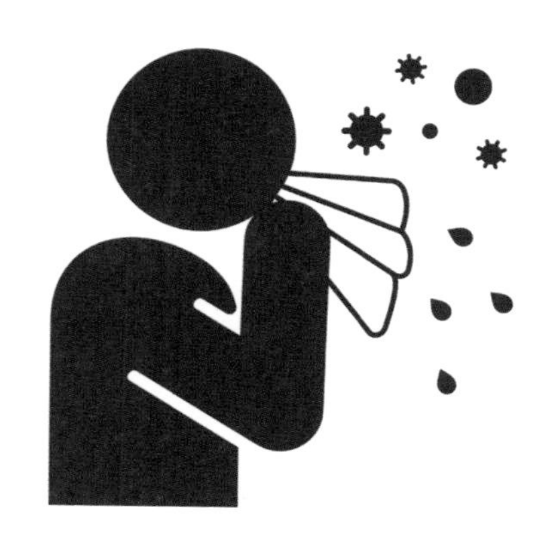

내가 지켜야 하기
때문입니다

아무것도 해줄 수 없기에
고목처럼 그냥 이렇게
서 있습니다

이 사람 모르게
내 눈물로 적신 손수건이
품안에서 하얗게 말라 있었기에
정말 다행입니다

라켓

쏜살처럼 날아오는
공만큼은

절대 놓치지 않는
날렵한 고양이

찰나에 다가오는
날카로운 공격과

허를 찌르는 위협도
비켜갈 수는 없다

동아줄보다
끈질긴 창자로 엮은
생명줄이기에

그 어떤 두려움도 맞서

이겨낼 수 있는

나의 수호천사

CHAPTER_04

제4장
꽃을 닮아가는 이유

춘천春天

삼악산 깊은 골
봄 향기 그네를 타는
나지막한 언덕

손을 흔드는
진달래 아가씨의
수줍은 미소와
하얀 민들레

고개 넘어
봄을 찾아오는
열차의 기적 소리와

마중을 나가는 뱃사공의
노 젓는 소리가

들려온다

소양강 물줄기 따라
철새들은 봄을 실어
나르고

울긋불긋 아리따운
호숫가엔 푸른 봄하늘이
찾아든다

조약돌

깨지고 거칠어
보잘 것 없어 보이는
돌멩이

세상 풍파에
부딪치고 지쳐갈 때
가진 것 없는 나를
안아 주었던 작은 손

지킬 수만 있다면
뼈를 깎는
고통이 따른다 해도
나는 그대를 위해 살겠소

어루만진

그대의 보살핌으로
굴러다니던 한낱
돌멩이였던 내가

살결처럼 부드럽고
빛나는 아름다운
돌로 다시 태어났습니다

나의 육신이
모래알이 된다 해도
그대가 준 사랑을 영원히
간직하겠소

꽃을 닮아가는 이유

자기만의 색깔

자기만의 향기

다른 꽃과
비교하지 않으며
모든 꽃들과 잘 어울린다

사계절이
바뀌어도 한결같은
모습으로 핀다

어느 누구에게나
아름다운 마음을
선사한다

곁에 있다는 것만으로도

행복하다

당부

아무에게도 하지 못한
그날의 얘기를
홀로 읊조리던 밤

쓰러지려 하는
가슴에게 괜찮다고
마른 수건 적시며
잠을 재웠다

지친 몸을 부축이고
내가 나를 쓰다듬던
아픈 밤

거울 앞에 흘렸던
눈물 닦으며 실없게

웃고 또 울었었지

그날의 눈물 자국을
지우며 사랑스런
내 아이에게 말한다

세상에 당당하라고
자신을 위해 살아가라고
행복하라고 토닥토닥
토닥인다

기도의 항해

끝이 없는 바다
어디로 가야 할지 모르는
길을 잃은 배

출렁이는 파도 위로
밀려오는 건 두려움과
위험한 폭우 속의 절망

평온했던 밤
느닷없이 들려오는 굉음과
불꽃으로 뒤덮인 도시

살기 위해
포탄이 터지는 어둠을 뚫고
목숨을 건 피난길

어디가 하늘이고
어디가 바다인지 알 수 없는
혹한 밤이 지금 여기에
있습니다

난민이라는 이유로
끝없는 바다를 떠도는
생명들에게

닻을 내릴 수 있도록
당신의 육지를
만나게 해주소서

튀김 댄스

남들보다 더 튀게
누구보다 똑 부러지게
달라도 너무 다른
분식집 튀김

온몸을 털며
앞뒤 안 가리고
춤추는 요리 비법에
모두들 한눈에 반했다

깻잎과 양파링
오징어와 새우
고구마와 감자
딱딱 들어맞는
환상의 조합

한바탕 흔들고 나면
한김 더 식혀주고
내친 김에 또 한 번
오일 스테이지 밟는
매끄러운 맛

깜찍하게 특별하게
바싹바싹한 깔끔한 느낌
화끈하고 똑소리나는
튀김은 인기짱

파란 비

아무도 알지 못하는 이곳이
내겐 낯설고 어색해

너를 비춘 어제의 태양이
찾아와 이제야
네가 보낸 아침을
맞이한다

젊은 날의 갖기 힘든 경험과
미래를 위해 떠나온
지구 반대편의 다른 세상

오늘도 상쾌한 하늘은 파랗게
예쁜데 비마져 내려 사진 속에
있는 네가 더 그립다

반짝이는 햇살 맞으며 내리는
블루 빛깔의 아름다운 비

옷깃을 적시며 너를 안고
둘이 걸었던 지난 여름날의
가로수길

블루 빛 우산을 쓰고 사랑을
적어 보낸 파란 우체통
너와 나의 사랑은
love is blue

변하지 않는 하늘과 늘 푸른
바다와 같은 사랑은 파란 비가 되어
이 거리에 내린다

철없는 아이

작은 소리로
불러보는 이름

먹먹한 가슴이
눈물을 훔친다

안타까워
어루만지는 얼굴

엄마는 눈물로
내 곁에 있다

잘하지 못했고
모른 체했었고
아프게 했었다

그래도

엄마를 찾는다

철없는

어린아이처럼

장미

가시 때문에
안길 수 없는 사랑이기에
붉게 피었습니다

꽃이라는 이유로
아파도 아프다
말할 수 없고

서러움에 울고 싶어도
울지 못하는
가시 돋친 장미

나를 사랑하려 했던
당신도 그렇게 바라만 보다
돌아서서 가네요

꽃으로 산다는 건
모든 걸 줄 수 있는 사랑
그 사랑이
바로 나입니다

꽃잎이 떨어지고
가지가 휘어도 당신의
기억 속에 나는 아름다운
장미입니다

수도꼭지

틀면
새어 나오는
물 같은 말소리

터질듯 쏟아 붓는
성난 소리

끊기지 않고
감질나는
잔소리

콕콕 떨어지는
못 박히는 소리

나오다가 말다가

엉뚱한 소리

쓸데없이 나오는
꼭지가 도는 소리

주워 담을 수 없는 물처럼

잘 잠그고
아껴 써야 되는
말 한 마디

CCTV

늘 같은 자리에서
기다린다

언제나 잊지 않고
기억한다

네가 가는 곳에
내가 있다

어둠 속에서 빛나는
너를 본다

너만을 지키고
너만을 바라보는 나

빈병

답답했던 가슴이
뻥 뚫려 날아갈 것만
같습니다

모두 덜어내니
이렇게 가벼운 한숨도
쉬어봅니다

너무 차올라
무거움에 시달렸던
지난 날

텅 비어 있다고
그런 눈으로
바라보지 마세요

새로움으로 채워

다시 돌아오겠습니다

눈꽃

멀어져 오지 않는 그대가
이렇게 눈꽃이 내리면
내 곁에 있는 것 같아요

사랑을 찾을 수가 없기에
가슴이 시려도 난
그대를 기다립니다

모든 것이 다 사라져도
아직 가슴속에 남아있는
차가운 나의 사랑

그 사랑이
아프게 못이 박혀
운명 같은 사랑을

이제 기다릴 뿐이죠

하얀 내 사랑이
울고 있네요
투명한 유리꽃 같은
그대는 나만의 사랑

소중한 그 사랑이
눈꽃 되어
저 하늘 점점 멀리 사라져
내 곁에 없네요

비꽃

차갑게 내리는 빗물은
슬픈 사랑이 남긴
기억들

꽃잎처럼 날리는
빗방울은 밤새
유리창을 두드리고

들려오는 빗소리는
떠나간 그대의
작은 속삭임 같아

흘러내리는 빗물은
그대가 있는 곳으로
나를 데려가네요

그리워지면
비가 되어 내리는
추억들

보고파지면
눈물이 되어 흐르는
빗방울

이 비가 그치면
지난날 우리의 사랑은

비꽃으로 아름답게
피어날 거예요

그대와 춤을

상쾌한 아침
톡톡 튀는 뮤직은
딱 내가 좋아하는
스타일

오늘은
더 놀랄 수 있게
펄 화이트 화장을 하고

패션은 블랙과 화이트
포인트는 레드 컬러 구두
난 그의 시선을 사로잡지

스텝은 가볍게
리듬을 타면서 그가

이끄는 흐름에 천천히

몸을 맡긴다

정열적인 눈빛으로

안기면

벌써 그는

이런 나의 매력에

빠져버린걸

하얀 그림

흰 구름 위에 그려보는
그림 한 장

초록색은 너와 함께 있는
나지막한 언덕

오솔길 따라
그늘이 되어주는
나무에게는 브라운 컬러를
입혀주고

방긋방긋 웃음 짓는
꽃송이는 노란색을

머리 위에 앉은

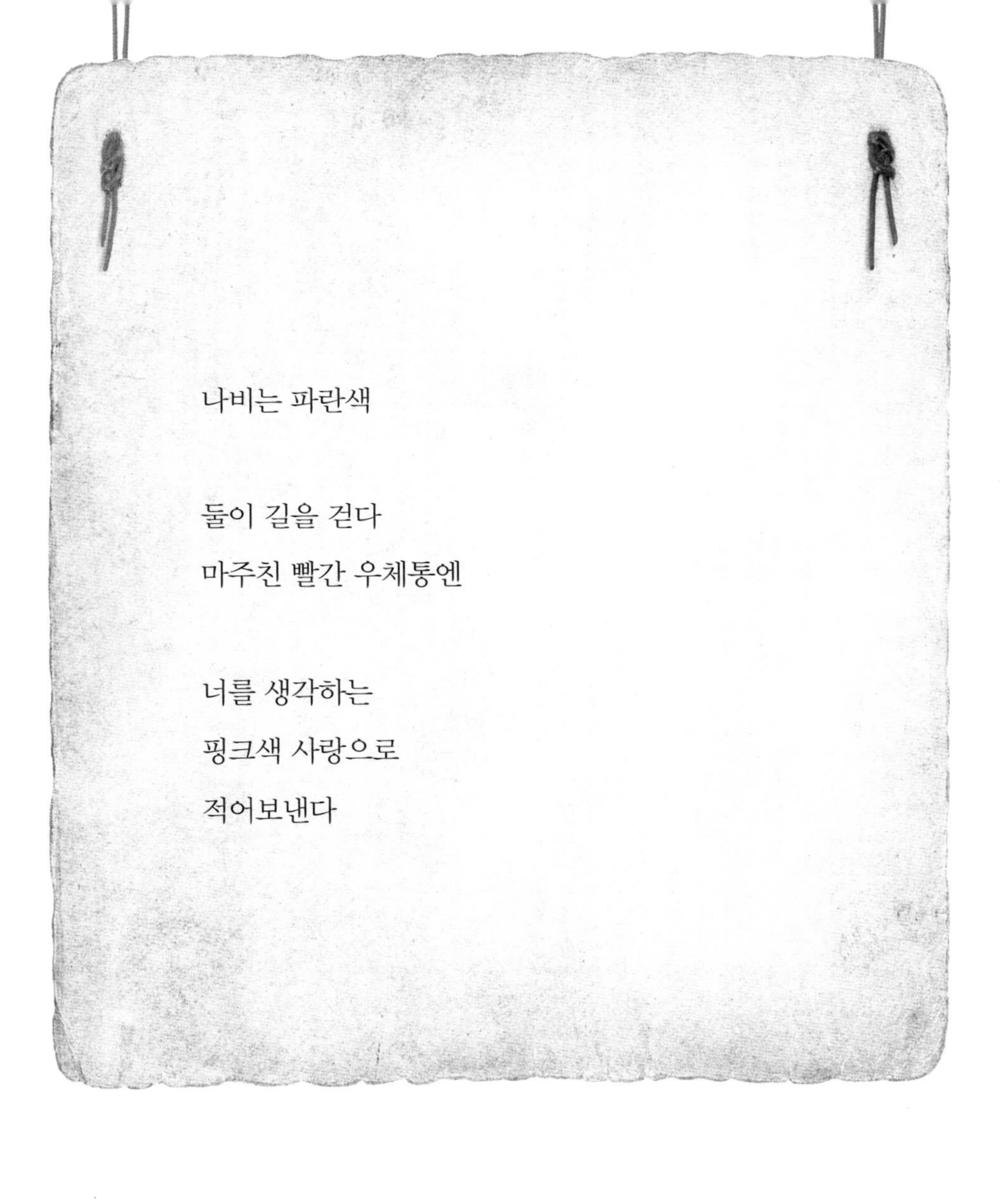

나비는 파란색

둘이 길을 걷다
마주친 빨간 우체통엔

너를 생각하는
핑크색 사랑으로
적어보낸다

손만두

진눈개비 내리는
어느 겨울날

차가운
손을 녹여준
오빠의 따스한
호주머니

통통하고
하얗게 잘생긴
우리 오빠

걸음이 불편한
내손을 꼬옥 감싸고
함께 등교 해주던

착한 마음

소복소복 하얀
만두를 빚는 날이면
군침 흘리던 우리 오빠가
생각이 난다

오뚝이

세상을
다 산 것처럼
고개를 떨구지
말아요

이렇게
오늘이 가면
내일은
없으니까요

열두 번도
더 쓰러졌지만

시작과 기회는
함께 하기에

반드시 일어나

내 중심을

찾았습니다

제주도

구름 위로 날아가는
설레는 마음

귤 향기 가득 싣고
돌하르방 미소가
푸근한 해녀의 섬

유채꽃 너울지는
언덕을 넘어
선녀바위 해가 지는
아름다운 섬

햇살이 눈부시는
성산에 올라
가슴속 밀려오는

행복의 바람

한라산의 추억을

가슴에 담고

오랜 기억으로 남으리

푸른 섬 제주도

Dream

언제나 새로움은 기대와
희망을 선사하지

쫓기는
시계 바늘처럼
살아온 현실은
특별함이 없는
어제와 같은 날들이었다

변화된 내 모습을
꿈꿔 왔지만
그건 마음속에서
꺼내지 않은 비밀 상자였을 뿐

이제 달라질 거야

높다고 쳐다보지 않은
나의 미래

꼭 이루고 말 거야
넓은 하늘을 날아
새로운 나의 꿈을

CHAPTER_05

제5장
사랑은 커피처럼

꽃을 닮았네

그대를 닮고 싶다

그대의
미소와 행복
기쁨과 설렘

또 하나의 그대는
생명과 축복
위로와 평화

그 어디에서도
빛나는
꽃이어라

그대의 향기는

사랑을

꿈꾸게 하고

그런 그대처럼

꽃이 되고 싶다

Jazz Cafe

화려한 조명 아래
눈에 들어온 그녀의
패션

술을 즐기는 사람들의
테이블 위엔
잭다니엘 짐빔
얼그레이 하이볼

끌리는 설렘에
난 그녀를 찾고 있었다

노래는
끝이 나고
밤을 채우는 술잔엔

아쉬움과 고독

점점 사라지는 얼굴
애타는 마음은
갈 곳을 잃었나

붉은 입술
검은 마스카라
시크한 표정
사랑을 다시 찾는
재즈 카페

비

비가 내린다

이 비가
나를 적신다

담장 밑에
피어 있는 아련한
물망초

지금의 나처럼
비를 맞는다

비가 내리면
이 비를 따라
흐르는 얼굴

흐르는 눈물

잊으려 해도
비가 되어
내게로 온다

까아만 밤
찬비가 되어 나를
또 적신다

너무한 세상

너무 사랑해서 두근두근
너무 맛있어서 야금야금
너무 좋아해서 싱글벙글

너무 그리워서 아른아른
너무 질투나서 깐죽깐죽
너무 조심해서 살금살금

너무 박력있어 불끈불끈
너무 서러워서 울먹울먹
너무 기뻐해서 덩실덩실

너무 행복해서 방긋방긋
너무 조용해서 새근새근
너무 맛없어서 깨작깨작

너무 생각나서 새록새록
너무 헷갈려서 알쏭달쏭
너무 배고파서 꼬록꼬록

너무 화가나서 우락부락
너무 은밀해서 속닥속닥
너무 잘붙어서 철썩철썩

너무 잘보여서 또릿또릿
너무 소중해서 애지중지
너무 가벼워서 사뿐사뿐

다닥다닥 붙어서 함께 사는
너무 재미있는 세상

Circle

아름다운 세상을 바라보는 눈

목표를 향해 멀리 날아가는 공

바쁘게 돌아가는 자동차 바퀴

오늘도 최선을 다한 땀방울

슬픔과 시련을 이겨낸 눈물

중심이 되어 준 화살의 과녁

어둠 속에서 빛나는 별과 달

하루의 문을 닫는 마침표

새 아침을 열어 주는 태양

싱그러운 아침 이슬

둥글다는 것은 내가 살아가는
특별한 세상이었다

친정집

이번에 어머니께 가면
더 오래 있다가 오려고요

지난해 막내가 아파서
못 가봤는데

이따금씩 서운해서 눈시울을
붉히기도 했습니다

가져다 드릴
몸빼바지와 털실조끼를
보자기에 싸고
반듯한 봉투에 넣은
용돈도 넣었습니다

완행열차 타고 다녀온 지
시간이 흘렀어도
그 모습은 자주 떠오릅니다

서쪽하늘 초승달이 뜨고
벌써 어머니께 다녀온 지
엊그제인데
지금은 아무도 안 계십니다

그래도 올 명절은
어머니 집에 다녀올 겁니다
장가 갈 막내아들 데리고요

대중목욕탕

뜨거운 물이 시원하다는
알 수 없는 어른들의
거짓말

매표소 앞에만 가면
언제나 내 나이는
일곱 살

공짜로 들어간 여탕에서
동갑내기 순이를
만날 줄은

달콤한 바나나 우유
손에 쥐고 통통 튀는

물장구가 신났다

추석 명절 앞두고
줄을 서서 기다리는
정겨운 풍경

아빠와 손을 잡고
즐겁게 자장면을 먹었던
목욕탕 가는 날

칵테일

오렌지 빛 위스키
붉은색 체리가
입술에 닿는 밤

여린 눈물 감추고
혼잣말 하는 남자의
가슴을 찌르는
쇼팽의 피아노 협주곡 2번

비틀거리며 문을
나서는 한 남자와
외로움을 마시는 사람들

화려한 술잔은 늘어도
마음 달랠 길 없는

쓸쓸한 밤

그리워 눈물 삼키는

카페의 조명이

두 눈에 흘러내린다

무지개

사랑의 빛이 있다면
아름드리 피어난
무지개

가슴 설레는
찬란한
빛줄기는

살아가는
모든 사람들의
아름다운 꿈

파란 하늘에 펼쳐진
일곱 색깔의

꽃길

아이처럼
조심스레 한 걸음
한 걸음 걸어갑니다

우산

비가 내리면 거리에
펼쳐지는 아름다운
우산 숲

구름 같은 하얀 우산
유채꽃으로 핀 노란 우산

장미빛 빨간 우산과
푸른 나무의 초록 우산
바다가 흐르는 파란 우산

계단 위에도 옥상에도
쇼윈도를 수놓는
나비와 같은 사람들

비가 내리면

그대의 우산이 되어

드리겠어요

쇠똥구리

동글동글 쇠똥구리
까뭇까뭇 똥 구슬을
구르고 굴린다

한나절은 가야
저기 보이는
쇠똥 무덤 집이
내가 가야 할 곳

아무도
곁에 오지 않아도
온종일
부지런한 일꾼

오늘 다 치우지 못해도

밝은 내일을

맞이하고

보람된 땀방울로

데구루루 데구루루

행복을 굴린다

편의점 사랑

아직도 무얼 고를지
왜 그렇게 망설이나요

선택은 하나
유혹은 백 가지인데

사람 많아 뭐해요
물건 많아 뭐해요

진짜 내 사랑은
어디에 있나요

고르다가 놓쳐요
머뭇거려 끝나요

남의 사랑 되기 전에
빨리 잡아주세요

24시 지나가도
당신이 내 사랑이라면
한눈팔지 않고
기다릴게요

연민

사랑하는 사람에게
못다 한 사랑의 아쉬움처럼
더 큰 아픔이 어디에
있겠어요

그대에게 하나의
사랑이 남아있다면
그건 나였으면 하는
바람입니다

이별 뒤에 잊지 못해
보고 싶다고 말 못하는
바보가 바로 나예요

예전에 부족했던 나보다

조금 더 위하고 조금 더
솔직한 사람으로
그대에게 다가갈게요

나를 잊지 말아요
헤어지고 그대를
그리워한 것도
사랑이라고 말할 수 있게
그대 나를 잊지 말아요

36.5°

찬바람에 벗겨진
홀로된 그대의 외로움을
나의 체온으로 채워줄게요

사랑이 아무리 뜨거워도
36.5도 보다 높다면
너무 더워 식기만을
기다리죠

싸늘한 구들장을
끓어오르게
해줄 수 있는 한 장의
연탄으로 그대 곁에
머물겠어요

비록 작지만 그대가
가진 체온보다
무거운 사랑 3.65kg

나를 태워 추운 그대를
녹일 수 있다면
초라한 아궁이에서
재가 되어도
그것은 나의 사랑입니다

아닌 건 아닌겨

28년차 연상이라
결혼 반대했더니
30년 안 됐다고
허락해 달라고 한다면
아닌 건 아닌겨

0.1톤 몸무게인데
미니스커트 입고
외출한다면
아닌 건 아닌겨

식당에서 혼밥하는데
공깃밥 스물한 번째
주문한다면
아닌 건 아닌겨

1차부터 3차까지
술값 냈는데
해장국도
잘 먹었다 인사한다면
아닌 건 아닌겨

여자친구
미인 됐다고 만났더니
아무도 못 알아본다면
아닌 건 아닌겨

사랑은 커피처럼

마주 앉은 사람 없어도
쓸쓸하지 않아

책장을 넘길 때마다
커피 향에 눈을 감아본다

늦은 밤까지 꽉 차 있는
바쁜 일상

시계추처럼 반복되는
하루가 가끔은
서글퍼지기도 한다

이런 나를 위로해 주는 건
따뜻한 커피 한 잔

그대가 곁에

있었다면 난 부드러운

티라미수

휴식이 되어주는

한 잔의 커피는

식지 않는 내 마음인걸

골목등대

내가 서 있는 곳은
사방을 둘러볼 수 있는
골목 사거리

밤이면 불빛 아래
모인 나방과 날파리 떼
현란한 춤사위로 밤을 달군다

열기가 식어갈 쯤 흥얼흥얼
스텝 꼬인 박씨 아저씨는
오늘밤도 취하셨나보다

한참동안 내게 기대어
가라앉은 한숨 내쉬며
힘들었다고

위로하신다

살아가는 모든 이들의

희로애락을 함께 나누는

어둠속의 빛이어라

밥과 국

한때 우리는
죽고 못 사는 사이였지
너는 나의 오른편
나는 너의 왼편에
둘도 없는 단짝이었어

모습은 달라도
우린 천생연분인가 봐
가끔 네가 안 보이면
입맛이 없을 때가 많아

앞으로 살다보면
더 힘겨운
날도 있을지 몰라
그럴 때마다 우린

하나가 되어

이겨낼 수 있을 거야

언젠가 너의 마음이

식었다 해도 따뜻한

내 품으로

너를 안아줄게

우리 지금 이대로

행복한 아침을 맞이하고

서로 마주보며 지금처럼

영원히 함께하자

버들강아지

두터운 겨울의
장막이 걷히고
개울가 살얼음은 고독한
빛을 발하며
사라져간다

사뭇 계절이 가고 있음을
느낄 때 내 작은 뜰에
돋아나는 봄의 기운

버들강아지 하얗게
웃음 지으며
맑은 유리창에 새봄을
채우고 있다

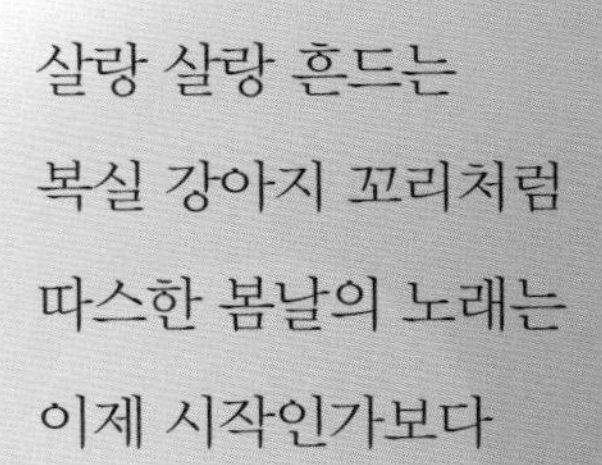

살랑 살랑 흔드는
복실 강아지 꼬리처럼
따스한 봄날의 노래는
이제 시작인가보다

따스하다는 건
마치 행복을 의미하듯
나의 봄날은 푸르게
푸르게 물든다

양은 냄비

뙤약볕 내리는 한여름
그늘 밑에 졸고 있는
쇠스랑과 감자호미

실비람 넘나드는
문간방에 누워
할머니가 차리시는
양은 냄비 밥상에 말똥말똥
잠이 안 온다

정겨운
옛날이야기처럼
구수하게 끓고 있는
된장찌개

손주 입에 맛난 거
넣어 주시느라
푸근한 우리 할머니는
한사코 먹여 주신다

양은 냄비처럼
찌그러지고 낡았던
할머니의 손길

세월이 가도 따스했던
아주 오래된 할머니의
양은 냄비

두텁게 자란 나무는
누구의 편한 의자가 되고
아픈 이의 목발이 되어
지금 내가 있어야 할 정원을
지키고 있다